제주(濟州)의 혼(魂)

강한익 시집

시인의 말

인생칠십고래희(人生七十古來稀)란 당나라 시성(時聖) 두보(杜甫)의
곡강시(曲江時) 한 구절을 읊조려 봅니다.

살아온 날 보다 살아야 할 날들이 많지 않음을 깨우치며
초라한 삶의 흔적들을 더듬어 봅니다.
푸른 파도에 떠다니는 난파선처럼 이리 밀리고 저리 밀리며
앞만 보고 허둥지둥 달려온 세월이었습니다.

참으로 보잘것없고 부끄러운 삶이었다고 생각합니다.
이승에서 머물러야 할 시간 너무나 짧음을 깨닫고 고희의 나이에
부족함이 많은 부끄럽기만 한 시집을 마련하였습니다.

시인이라고 하기엔 어쭙잖은 시인!
평소 마음속의 생각을 끄적거린 몇 편의 글과 월간 한맥문학과
SNS에
올린 글들을 모아 용기를 내어 상재 하였습니다.
미숙의 덩어리입니다.
따뜻하고 애정이 어린 질책을 기다려봅니다.

시집을 내기까지 아낌없는 지원과 용기를 불어넣어 주신
대한문인협회 김락호 이사장님과 시인의 길로 이끌어 주신 고(故)
이학주 선생님,
시 꿈의 리더 가인 임숙희 선생님께 깊은 감사의 말씀 올립니다.

아울러 구순(九旬)의 장모님과 저의 바지랑대가 되어주신
사랑하는 아내와 가족에게 두 손을 모으고 고마운 마음을 전해 올리며
늘 응원과 격려의 말씀으로 용기를 북돋아 주시는 대한문인협회
문우님들께도 깊은 감사의 뜻을 표합니다.

독자 여러분의 건강과 항상 행복하시길 소원합니다.
고맙습니다.

2019년 8월 시인 **강한익**

/ 축하의 글 /

세 번 놀라게 한 姜시인

늦깎이로 등단한 강한익 시인은 필자를 세 번이나 놀라게 했다.

그 첫 번째가 시 창작에 대한 초인적 열정이다. 강시인은 시단에 등단한 지 불과 2년여에 불과하다. 나이는 이미 고희(古稀)를 넘어섰다. 그럼에도 불구하고 이미 150여 편의 시를 창작, 발표한 것이다. 이 첫 시집은 바로 강시인의 시에 대한 열정과 시 사랑이 어느 정도인지를 보여 주는 산물인 것이다. 참으로 놀라지 않을 수 없다.

두 번째는 강시인의 경이롭기까지 한 시인으로서의 급성장도 놀랍다. 시인은 모름지기 약관에 등단해서 환갑이 되고 고희가 되었다고 해서 성공한 시인은 아니다. 그보다는 비록 칠순이 가까워 늦깎이로 시 창작 활동에 뛰어들었다 하더라도 독자들이 애송하는 수많은 시들을 발표할 수 있다면 그러한 시인이야말로 성공한 시인일 것이다. 적어도 강시인에게는 칠순이라는 나이는 숫자에 불과하다. 등단한 지 수십 년이 지난 시인들에 비하면 강시인의 등단은 엊그제인데 벌써 사단법인 창작문학예술인협의회가 주최한 독도 주제의 "짧은 시" 공모전에서 은상을 수상했고 "이달의 시인"에도 선정된 바 있다. 특히 은상 수상작인 "독도"에서 동해의 외로운 돌섬을 관조(觀照) 하는 시심(詩心)과 시안(詩眼)은 결코 예사롭지가 않다.

"여명의 유혹에
망망대해 둥지 튼 남매
찝쩍대는 치한의 손길
냉랭하게 뿌리치고

파도 꽃 노랫소리에

엄마 품 그린다"

김경호 **칼럼니스트 수필가**

전)새마을금고중앙회 제주도지부 사무국장
전)제주신문 편집국장 이사 논설위원실장
전)한국신문방송 편집인협회 이사
전)제주매일 편집국장 논설위원
현)한국문인협회 회원
제주도 문화상(2017년 언론출판부문) 수상
서울언론인클럽 언론상(향토언론인상) 수상

이것이 강시인이 독도에 대한 시혼(詩魂)이기도 하다.

세 번째 놀란 것은 강시인에 대한 고(故) 이학주 시인의 예언 적중이다. 30여 년 전의 일이다. 이학주 시인은 당시 새마을금고 연합회 홍보실장이었고 강한익 시인은 이 연합회의 제주도지부 검사과장(후에 사무국장)이었다. 강한익 과장이 월간 새마을금고지(誌)에 검사 업무와 관련한 글을 기고했었는데 이를 유심히 읽어보던 이학주 실장이 "강과장, 이 사람 문학을 해도 성공할 사람이군"하고 예언하듯 말했다. 곁에서 듣고 있던 나는 황당했다. 문학과는 사돈의 팔촌도 안 되는 글을 두고 "문학을 해도 성공할 사람" 운운했으니 말이다. 그 후 강한익 과장은 협동운동인 새마을금고 육성을 위해 젊음을 다 바쳐 일하다가 정년퇴직했고 인생 후반기에 시인으로 등단, 혼을 쏟아붓고 있다. 30여 년 전 이학주 시인의 예언이 바야흐로 적중해 가고 있다. 이 어찌 놀라지 않을 수 있겠는가. 그래서 이번 강한익 시인의 첫 시집 출판을 더욱 진심으로 축하게 된다. 아니 필자뿐 아니라 독자 모두가 축하해 주길 바란다. 그리고 앞으로 제2, 제3시집 등 왕성한 작품 발표를 기대하며 이를 의심치 않는다.

2019년 8월

♣ 목차

11 … 세월(歲月)
12 … 야시장(夜市場)
13 … 제주의 혼(魂)
14 … 제주에 살며 제주를 노래하련다.
16 … 오월이 오면
18 … 유월의 하루
19 … 나의 모습
20 … 상팔자(上八字)
22 … 장모님 댁 멍멍이
23 … 멋진 남자
24 … 전봇대의 하루
25 … 가을비
26 … 나를 찾습니다.
27 … 아비를 닮지 마라!
28 … 어멍의 푸념 (어머니의 푸념)
30 … 섬 머리 포구
31 … 고향
32 … 최 면장네 농장
34 … 초라한 시인의 독백
35 … 멋진 하루
36 … 해변의 봄
38 … 사랑합니다
39 … 세월(歲月)아!
40 … 떠나가는 잎새
41 … 할머니 오일장
42 … 離別을 고합니다.
44 … 해변의 사색(思索)
45 … 삶의 흔적(2)

♣ 목차

46 ... 장모(丈母)님
48 ... 저승의 친구에게
50 ... 오월의 아침 풍경
51 ... 독도
52 ... 신도 구봉산
53 ... 주객전도(主客顚倒)
54 ... 박새 꽃
56 ... 친구여!
58 ... 청첩장
60 ... 홀아비바람꽃
61 ... 야생화
62 ... 초승달
63 ... 화개산
64 ... 놀며 쉬면서 가세!
66 ... 얼음새꽃
67 ... 늙은 소
68 ... 도두봉(道頭峰)
69 ... 어린 시절
70 ... 세월(3)
72 ... 아내의 생일 술독에 묻다
74 ... 덕항산
75 ... 감악산
76 ... 짧은 만남
78 ... 마음의 정화(淨化)
79 ... 게드래기(집게)
80 ... 새별오름 (曉星岳)
82 ... 고향
84 ... 난(蘭)의 푸념

♣ 목차

85 ... 임 오시려나
86 ... 내 꼬락서니
87 ... 반가운 손님
88 ... 숯을 굽는 동산에서
90 ... 분수(分數)
92 ... 담쟁이 넝쿨
93 ... 산(山)
94 ... 가마오름의 애환
96 ... 바닷가 풍경
97 ... 청각장애
98 ... 돌팔이 의사
100 ... 무효표
102 ... 우뭇가사리의 일생
104 ... 考試生 이야기
106 ... 꼴값
108 ... 어떤 노인
110 ... 나도 한 마디
112 ... 왕벚나무
113 ... 황홀한 만남
114 ... 수평선
115 ... 갯국화
116 ... 파도 꽃
117 ... 설국(雪國)
118 ... 안산(鞍山)에서
119 ... 사랑의 열매
120 ... 김 삿갓 흉내 내기
122 ... 모녀(母女)의 정(情)
123 ... 청보리

♣ 목차

124 ... 죽절초(竹節草)를 아시나이까?
126 ... 참회(懺悔)
128 ... 비움과 채움
129 ... 털머위 꽃
130 ... 아기 동백
131 ... 가을꽃
132 ... 아 세월아!
134 ... 오직 그대만을
135 ... 몽돌 해변의 합창
136 ... 골프공의 반란
138 ... 막둥이 딸
140 ... 나무젓가락의 일생
141 ... 발자국
142 ... 검진(檢診)
144 ... 홀어미 등대
145 ... 뭉쳐라
146 ... 하늘나라 친구
147 ... 가을 길을 열다
148 ... 길가 아기 장미
150 ... 장모님 텃밭
151 ... 하늘의 슬픔
152 ... 별들의 합창
154 ... 멋진 모습
156 ... 아름다운 만남
157 ... 멋진 유혹(誘惑)
158 ... 반가운 모습
159 ... 코스모스

본문 시낭송 감상하기

QR 코드

스마트폰으로 QR 코드를 스캔하면
시낭송을 감상할 수 있습니다.

제목 : 야시장(夜市場)
시낭송 : 박순애

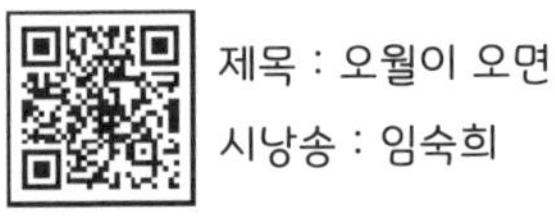

제목 : 오월이 오면
시낭송 : 임숙희

제목 : 사랑합니다
시낭송 : 조순자

시인은 자연을 이야기하고
시낭송가는 자연을 품었다.
글자는 날개를 달아 언어로 날고
소리는 자연에 눕는다.

세월(歲月)

참으로 고얀 놈이로구나
반세기 하고도
사반세기 가까이 살아온 노인이
목메게 불러도
뒤도 돌아보지 않고
제 갈 길만 가는구나

참으로 이상한 놈이로구나
눈보라 모진 광풍,
칠흑의 어둠 속에서도
멈춤 없이 앞만 보며
달려가는구나

참으로 체력이
무시무시 한 놈이로구나
잠시 멈추어 쉬 기려도 하련만
아랑곳없이
잘도 달려가는구나

이 괘씸한 놈
두 손 두 발 쇠사슬로
꽁꽁 붙들어 매고
두 눈 검은 천으로 가리고
바짓가랑이 걷어 올려
회초리 내리치어
빠른 걸음 더디게 하며 불까나

야시장(夜市場)

파르르 몸을 떨며
삶을 마감하는
처절함의 비명이 들리고
등 굽은 할멈의
구부러진 손에 들려진
서슬 퍼런 칼날이 반짝거린다.

죽음을 기다리는 많은 생명
마지막 생의 윤회를 꿈꾸며
애잔한 눈망울 굴려
좁다란 수족관을 휘젓고

쨍그랑쨍그랑
생존을 위한 몸부림의
거친 숨결은
한낮 같은 야시장의 좁은 길목에
메아리친다.

흘러가는 세월을 붙잡으려
허우적거리는
초라한 노인의 발걸음
어느 곳을 향하여 옮기는 것일까?

제목 : 야시장(夜市場)
시낭송 : 박순애
스마트폰으로 QR 코드를 스캔하면
시낭송을 감상할 수 있습니다.

제주의 혼(魂)

큰바람의 길목 삼다도 귀퉁이
끈질긴 생명력에
피어오른 새싹들
홀씨 되어 바람에 날리니

생존경쟁 치열한
서울 하늘 아래 둥지 틀어
고운 꿈 키워간다.

남녘의 따사로운 봄바람에
그리운 어멍 아방 모습 실려 와
삶의 흔적 드리워진 얼굴에
윤슬이 반짝이며

뜨거운 심장 속에
뿌리내린 제주의 혼(魂)은
꿈틀거리며
푸른 하늘 향해
비상을 준비한다.

어멍 : 어머니의 제주 방언
아방 : 아버지의 제주 방언

제주에 살며 제주를 노래하련다.

한라산 산신령(山神靈)
고·양·부(高梁夫) 삼신인(三神 人)
보우하는 남쪽 하늘 제주도
바닷물 뱅뱅 둘러싸여
사계절 꽃피우고
고운 사랑 무르익는 곳

파도 꽃 일렁이며
뭉게구름 춤추고
초원의 말(馬)들은 하늘 향해
달음질한다.

떠오르는 아침 해
일출봉이 맞이하고
저녁노을
차귀도가 이별의
손을 흔든다.

척박한 자갈밭
하얀 꽃 피고 지고
황금 열매 주렁주렁
농부의 고운 꿈 익어 가는 곳

신(神)들의 창조한
비경(秘境) 속에
아름다운 선녀(仙女)들
신비의 전설을 노래한다.

이 땅에 태어남을
하늘에 감사하고
이곳을 노래하련다.

하늘이 오라 할 때까지

오월이 오면

햇살 가득 연둣빛 들녘에
살랑살랑 청보리 춤을 추게 하는
싱그러운 늦은 봄바람은
그리운 어머니의 모습을
실려다 줍니다.

앙상한 두 손으로 베어낸
누런빛 물들인
영글어 가는 까끌까끌 청보리 한 단
마당 복판에 널브러져 있고

흘러가는 세월에
살점을 빼앗겨 버린 등에
물기가 마르기도 전에
손바닥에 비벼대는
그리운 모습

올망졸망 애처로운 눈망울
심장 속에 담아 놓고
내뱉는 한숨 소리
허공을 휘젓는다.

저만치 보이는 보릿고개
넘어야 할 생각에
두 눈에 흐르는 물줄기
옷소매로 닦아내는

아!
내 어머니 모습
청보리 물결 타고
심장 속을 파고든다.

제목 : 오월이 오면
시낭송 : 임숙희
스마트폰으로 QR 코드를 스캔하면
시낭송을 감상할 수 있습니다.

유월의 하루

하늘과 바다가
맞닿은 곳으로
달음질치는 유월이 하루를
붙들어 앉혔습니다.

물새가 부르는 권주가에
술 한 잔 권하며
무엇이 그리 급하여
뛰어가느냐고 물었습니다.

세월이 뛰니
함께 뛰어간다고!

아서라!
멋진 친구와
좋은 술과 좋은 안주
어우렁더우렁 노래 부르며
한 잔 술 마시고
천천히 가시게나!

통통배 거친 숨결
바닷길 가르며
유월의 하루를 서둘러 오라
재촉하나 봅니다.

나의 모습

멋대가리 없이
허여 멀쑥 쭈글탱이 노인
세상 만파 혼자 겪은 듯
모양새 없는 얼굴에
검은 점이 두루 박혀 있구나

싸구려 포차에서
주류 섭렵했는지
불콰한 얼굴에
게슴츠레한 몰골

남들 다 끊는
연초도 못 끊었는지
술 냄새, 연초 냄새
역하기 그지없구나

그래도
호랑이 눈썹에
허리가 꼿꼿하니
이 세상 소풍 끝내기
아쉬운 듯하구나

등에 불룩한 배낭 덩그러니
가는 세월
붙들어 매려
안간힘을 쓰는구나.

상팔자(上八字)

가지고 있는 돈이 없으니
도둑맞을까?
잃어버릴까?
걱정하지 아니하고

가지고 있는 집이 없으니
불어오는 태풍에
허물어질까?
날아갈까?
걱정하지 아니하고

가지고 있는 벼슬이 없으니
좌천될까?
목 부러질까?
걱정하지 아니하고

불쌍하다
나라에서
막걸리 파전 값
달마다 부쳐주니

이만하면 상팔자(上八字)인데

제멋대로인 딸내미 하나
눈 뜨고 눈 감아도
걱정이니
반 쪼가리 상팔자(上八字) 밖에
안되는구나.

장모님 댁 멍멍이

세월의 흔적
고스란히 드러낸
허름한 슬레이트집
정낭은 어디로 갔는가?

자욱한 봄 안개
부슬부슬 봄비 데리고
땅속의 새 생명 단잠 깨우며

먹이 찾는 갈매기 떼
나신을 드러낸
해변의 백사장을 헤집으며
바다 안갯속을 넘나드는데

늘 반기던
구순의 장모님 친구 멍멍이
목줄의 흔적만 남기고
봄 마중하러
돌아오지 못할 길을 떠나갔나 보다.

정낭 : 제주의 대문 역할을 하는 나무

멋진 남자

한 달에 반쯤은
행방이 묘연하여
끼니 걱정 아니하고

한 달에 반쯤은
눈 뜨기 전
집을 나서는 남자

어쩌다 비 오는 날이면
티브이 화면과 열애에 빠지고
거실 귀퉁이
한라산 소주병 쌓여가는데

봄 햇살 창가를 두드리니
헐 떠름한 배낭 챙기는
멋진 남자

꽃비 내리는
자유 할멈의
멋들어진 시간을
머릿속에 그려본다.

전봇대의 하루

즐비한 빌딩 사이
석양 노을 숨어들면
골목길 귀퉁이
기다란 막대가 게슴츠레
불을 밝힌다.

변치 않는 그림자와
삶의 애환 주고받으며
굵고 가는 줄에 얽매여
하늘을 날지 못하는
서글픈 운명을 한탄하면서

정신을 던져버린
취객의 두 손을 마주 잡고
등을 두드린다.

멍멍이 한 마리
한 발을 치켜들고
반갑지 않은 물벼락
외로움 삼키며

동녘 하늘 여명이 비출 때
조용히 눈을 감는다.

가을비

그루잠 깨어
하늘을 본다
매지구름 하늘을 가리고
가을비 쉼 없이 쏟아붓는다.

마음이 휑 덩그렁
책장을 펼치니
가을의 시어(詩語)들 나래를 펴고
처마 밑 고양이
동그란 눈망울 애처롭구나,

창 너머
우산 속의 연인
발걸음 가벼워 보이고
사랑의 속삭임
빗소리에 감춘다.

보글보글 된장찌개
구수한 향기 창가를 맴돌며
귀퉁이 꾸려 놓은 배낭
하늘의 의중(意中)을 살핀다.

매지구름 : 비를 품은 검은 구름
휑 덩그렁 : 텅 비어 허전함
그린내 : 연인

나를 찾습니다.

봄볕 따사로운 날
거울 속에 비추어진 낯선 얼굴
곱지 아니한 표정으로
나를 올려보고 있습니다.

엉성한 머리에 잔설이 덮여 있고
군데군데 주름진 골짜기
세월이 흐른 자국
뚜렷이 남아 있습니다.

검은 버섯이 활개를 치며
여기저기 흔적을 남기고
생기 잃은 눈동자
어느 곳을 응시하는지?

나를 잃어버렸습니다.

젊음의 뜨거운 피 용솟음치고
사랑의 고운 맘 가득하여
정열을 불태울 나를 찾아
먼 길을 떠나야 하나 봅니다.

행여 나를 보신 분 연락 주시면
크게 후사하겠습니다.

아비를 닮지 마라!

어머님 생전에
귀가 닳도록 당부하시던 말씀
"아비를 닮지 마라"

방랑기 병이란
고질병에 걸려
가는 곳마다 사랑을 쌓아
어머님의 가슴을 멍들게 하고
통한의 설움을 안겨준 아버지

따사로운 봄볕이
창가를 두드리면
허름한 배낭 만지작거리고
어디론지 떠나고 싶음은

심장에 흐르는 피
어찌할 수 없나 보다!

어멍의 푸념

우리 어멍 아방
어떤시에 날 나왕
요추록 구즌 팔자
타고 나싱고!

오고생이 커그내
분시 모른 열여덟살
먼 나라 놈의 땅에서
가진 서름 받으멍 살당
문딱헌 서방 만나그내
곱닥헌 꿈을 꾸는디

해방이 뒈젠허난
살코가 났저하곡
서방조름 쪼차
고향땅을 볼봤는디

바당도 보지 못허는
산골 구석에
멜라져가는 삼칸 초가집
빌레왓 두어 말지기
눈아피 캄캄 허영
적막강산이드라.

어머니의 푸념

우리 어머니 아버지
어떤 날에 나를 낳으셔서
이처럼 궂은 팔자
타고 낳았는지!

곱게 자라서
철모른 열여덟 살
먼 이국의 땅에서
온갖 설움을 받으며 살다
잘생긴 남편을 만나
고운 꿈 꾸는데

해방이 되었다 하니
삶의 길 열렸다 하며
남편의 뒤를 따라
고향 땅을 밟았는데

바다도 보지 못하는
두메산골에
쓰러져가는 초가삼간 집
암반투성이 밭 두어 마지기
눈앞이 캄캄하고
적막강산이라,

경해도 사라보잰
곡괭이로 빌레 조사내고
씨를 뿌려 거두는 재미부쳥
손에 멍쿠쟁이 천지라,

서방은
어디로 나댕겸신디
한해에 두어번 불쑥 초자왕
송애기랑 밭때기 폴아강
어떤 세겟년 맥염신디
가슴에 천불이 나도
이녘서방 머랜 궏지도 못하곡
눈물만 흐른다

새끼는 무사 하영 깨왕
메기지 못허곡 입히지 못허영
가심이 천갈래 만갈래
찢어지는구나.

(제주 방언)

그래도 살아보려
곡괭이로 암반을 파내며
씨를 뿌려 수확하는 재미에
손에는 흠집투성이다.

남편은
어디로 돌아다니시는지
한 해에 두어 번 불쑥 찾아와
송아지와 밭을 팔아가서
어떤 여인을 먹이고 살리는지
가슴이 타들어 가도
나의 남편임에 무어라 말하지 못하고
눈물만 흐른다.

자식은 왜 그리 많이 낳았는지
먹이지 못하고 입히지 못하여
가슴은 천 갈래, 만 갈래
찢어지는구나.

섬 머리 포구

바닷물 뱅뱅 둘러싸여
바다 안개 포근히 감싸 안은
섬 머리 포구
하늬바람 가슴에 안는다.

봉긋이 솟아오른
도두봉(道頭峰) 껴안아
갈매기 지친 몸
쉬어 가게 하며

하얀 옷 빨간 옷 쌍둥이 등대
고기잡이 통통배
불러 모아
사랑의 밀어 속삭이는데

오름 자락에
이름 없는 무덤의 주인은
누구를 애타게 기다리는 것일까?

섬머리 포구 : 제주시 서쪽 도두항

고향

돌담 사이 올레길 들어서면
초가 삼 칸 지붕 위 달덩이 호박
누런빛 물들이고
저녁노을 쉬어 간다.

발가벗은 개구쟁이
웅덩이 고인 물에
올챙이 춤을 추며
고추잠자리 떼 지어
하늘을 휘젓고

종다리 노래하고
뻐꾸기 울음소리 울려 퍼지는
그리운 내 고향

오랜 세월 품에 안은
팽나무 아래 정자는
옛 모습 그대로인데
장군 멍군 세월 낚던 촌노의 모습은
보이지 않는다.

그리운 모습들
어디로 갔는가?

최 면장네 농장

오백 장군 막둥이 숨소리 들려오고
서해에서 불어오는 하늬바람
차귀섬 돌고 돌아 수월봉 넘나들며
사천여 평 최 면장네 농장
기웃거린다.

한평생 나라 위해 헌신한
주인장 은백색의 머리카락
초여름 햇빛에 빤짝거리며
하얀 백합꽃
맏며느릿감 내조자 닮았는데

낯선 수국꽃 활짝 피어
환영의 인사 건넨다.

끝이 안 보이는 비닐 집에는
동그란 밀감 열매
노년의 꿈 무르익고

한 귀퉁이 수확하다 빠트린
매실 열매 두어 방울
잎새 몸 감춰 붉은 색채 띄워 가며
푸른빛 무화과 열매에
시새움의 눈길 보낸다.

참삶을 살아가는 노년의 부부에게
만수무강 기원하며
팽나무 그늘에 두릅, 달래장아찌
오겹살 익어가는 구수한 냄새
한잔 술 마시는데 취하지 아니하여
또 한잔을 청하여 본다.

초라한 시인의 독백

머릿속을 맴돌던 시(詩)의 나래들
한 구절 적어 놓으려면
하늘나라 떠나 가버린다.

명시(名詩)로 꾸며 놓은
시집(詩集)을 짓고
덩실덩실 춤을 추고 싶은데
사라져 버린 시구(詩句)를 잡으려
안간힘을 다하는 초라한 시인이여!

하지만
결코 구걸하지도
애써 찾지도 않으련다.

중심을 잃지 않고
두 눈에 비친 모든 것
나의 마음과 생각을
서두르지 않고
느릿느릿 옮겨 놓으련다.

그 누가 뭐라 해도!

멋진 하루

물새 소리 귓가를 간질이고
통통배 바닷길 가르며
세월 낚는 태공망의 눈망울
평화롭구나!

이웃사촌
자리돔 낚아 올리고
한 잔 술 권하니
취하지 아니하고 어이 할까나!

유유히 흘러가는
높은 하늘 양털 구름
불러 모으고
보금자리 찾는
붉은 저녁노을 불러 앉혀서

하늘과 바다의 만남을 바라보며
아리랑 아리랑 노래 부르니
참으로 멋진 하루로다.

해변의 봄

꿈속에 그리던 어머니의 젖 내음
한 아름 안아
세월을 타고 내려와
해변을 감싸 안고

사랑의 자장가
파도 꽃 잠재우며
추억의 조각 물어
봄을 실어 나르는
갈매기 날개에 윤슬을 뿌린다.

그리운 얼굴
낚아 올리는
강태공의 주름진 얼굴에
미소가 흐르고

아스라이 보이는 통통배
뿜어내는 거친 숨결
쌍둥이 등대 품에 안긴다.

못다 한 사연
푸른빛 바다에 돛대를 달아
그리운 임에게
띄워 보내는

바닷가의 봄은
그렇게 무르익는다.

사랑합니다

헤아릴 수 없을 만큼
수많은 시간
흠집투성이 삶을 지켜준
당신을 사랑합니다.

눈비에 젖고
차가움에 웅크린 마음
뜨거운 입김으로 풀려 주시고
한여름 뙤약볕 그늘이 되어주신
당신을 사랑합니다.

험한 세파에
비틀거리는 육신
바지랑대가 되어
괴로움도 슬픔도
항상 함께하여 주신
당신을 사랑합니다.

많은 사람이
다시 태어나면
새로운 사랑을 찾는다고 하지만
수백 번을 죽고
다시 태어나도.
오로지 당신만을 택하렵니다.

여보 사랑합니다.

제목 : 사랑합니다
시낭송 : 조순자
스마트폰으로 QR 코드를 스캔하면
시낭송을 감상할 수 있습니다.

세월(歲月)아!

그리 곱지만은 않은 세월(歲月)아!
어디를 향하여
급하게 달음질치느냐?
내 막지 않으련다.

바짓가랑이 붙잡아
늘어지고 싶지만
냉랭하게 뿌리칠 너이기에
걸어서 가든지
뛰어서 가든지
네 뜻대로 가려무나

연분홍 꽃 뒤덮인
산길도 돌아보고
늘 솔길 산새들
속삭임도 엿들으며
아름다운 세상 두루두루
돌아보고 가려 하니

옷깃 잡아끌지 말고
네 갈 길만 가거라.

떠나가는 잎새

벌거숭이 나무 우듬지에
간간이 매달려
떠남을 준비하는 잎새

늦가을 고운 햇살
살포시 내려앉아
헤어짐의 뜨거운 입맞춤 하려는데
한 줄기 북풍이
훼방을 놓는구나

청아한 목소리로
재잘거리던 산새들
둥지 속에 숨어들어
고운 꿈 꾸며

짝 잃은 까마귀
임을 찾아 슬피 울어
떠나야 할 시간임을
깨우침 한다.

짧은 황홀함의 시간
가슴에 묻고
심산유곡 흐르는 물에
몸을 맡긴다.

할머니 오일장

등 굽은 할머니
봄을 활짝 풀어헤치니
고향 떠난 달래 냉이
바구니에 담겨
영원히 머무를 곳
애타게 기다리며

한 귀퉁이 봄동 나물
노란 속옷
유혹의 손길 내밀고
삶의 흔적 드리워진
어머니 향내 풍긴다.

좌판 옆에
싸늘하게 식어가는
국수 한 그릇
얇은 비닐 옷 두르고
세월 속의 굵어 멍든
아름다운 손길
목매어 기다리는구나.

離別을 고합니다.

온 힘 다해
눈물겹도록
부여잡은 마지막 끈을
미련 두지 마시고 놓아주십시오!

연지곤지 화장하고
고운 옷 갈아입어
미지의 세계로 떠나려 하옵니다.

동토(凍土)의 차가움과
용광로 펄펄 끓어오르는
여름이 폭정을 묵묵히 견디시고
가녀린 마디마디 뿌리로
정화수 끌어올려
푸르름을 주셨습니다.

인고의 시간 망각하고
산새들 불러 모아
재잘거리며
세월의 흐름을 잊었습니다.

하늬바람 불어옵니다.
영원한 이별이 순간
숭고한 사랑 가슴에 고이 간직하고
가을의 종착을 알리는 전령에게
이 한 몸 맡기렵니다.

행복하였습니다.
따스한 정 잊지 않으렵니다.

단풍나무 우듬지에
매달려 떨고 있는 잎새가
마지막 이별을 고합니다.

해변의 사색(思索)

끼룩~ 끼룩~!
갈매기 울음소리
텅 빈 마음 할퀴고 지나며
활짝 핀 파도 꽃 감싸 안는다.

포화상태 술잔 속에 비친
곱지 아니한 삶의 흔적
더듬어 보려 하니
매지구름 헤집고 달려온
한 줌 햇살 훼방을 하고

멀리 보이는
하얀 외로운 등대
위로의 권주가
귓가를 맴돈다.

심장을 파고들듯
전율을 일으키는
한 모금의 독한 술은
무정한 세월 한 조각을
날려 버리고

녹슬고 멍든 가슴
넘실대는 파도에 이끌려
수평선을 향하여
달음질한다.

삶의 흔적(2)

내세울 것 하나 없고
곱지도 아니한
부끄러운 삶의 흔적들
백지에 그려 놓았으면
뭉뚱그려 휴지통에
처박았을 것을

넓지 아니한 얼굴에
그려진 지난날 살아온 모습
하루에 두어 번씩
밀고 밀어 보지만
지워지지 않는다.

가슴에 불타오르던
청춘의 꿈
사그라든 지 오래고
살을 에는 매서운 칼바람
화필을 들고
또다시
검은 버섯 그려 놓는다.

매지구름 틈새로
고개 내민 초겨울 햇살
위로의 마음을 전해온다.

장모(丈母)님

함덕오일시장 한 귀퉁이
텃밭에 자식같이 키운
시금치, 쪽파, 방풍나물, 취나물

한 광주리
삼천 원! 삼천 원이요!
애타게 소리치는

구순(九旬)의 우리 장모님.

백수건달 사위가
대통령보다 좋다고
이리 쓰다듬고
저리 쓰다듬네.

4남 1녀 외동딸
나 주십사 하고
인사드리던 날

외동딸 등에
윷놀이 회초리
사정없이 내리치던
무시무시한 장모님!

흘러가는 세월 앞에
그 기세 어디 갔는지
아들보다 딸보다
백수건달 사위 좋다며

사위 좋아하는
방풍나물, 상추, 한 보따리

하늘보다 높고
바다보다 깊은 사랑이 넘쳐흐른다.

저승의 친구에게

하늘이 쌓였던 울분을 터트리며
광풍과 물세례를
창가에 내갈긴다.

오늘 같은 날
자네가 저승으로 떠났다는 소식에
가슴을 쥐어뜯으며
독한 술잔을
목구멍으로 쏟아부었다네!

이승과 저승이
얼마나 멀길래
손전화기에 몇 글자
소식을 전해오지 못하는지
참으로 서운하고 섭섭하다네,

장대비 내리던 날
한라산 중턱의 조그마한 동굴에서
오들오들 떨며
서로의 체온을 주고받던 추억이
한줄기 섬광을 타고
심장 속을 파고든다네.

행여 잊지는 않았는지?
그리운 친구여!
시장 골목 귀퉁이 순댓국집에서
오늘도 자네를 기다려본다네.

오월의 아침 풍경

동쪽 하늘 여명(黎明)이
그루잠을 깨우고
오라 하는 곳도
가야 할 곳도 없는
초라한 노인의 등을 일으킨다.

초록의 들녘엔
황금빛으로 변해가는 청보리
흐르는 세월을
가슴에 안고
행복의 풍년가를 부르며

늘 솔길 귀퉁이 잎새 은 구슬
초록의 숲을 헤집어
달려온 햇살에
파르르 온몸을 떤다.

단잠 깬 까마귀
목청을 다듬으며
빛나는 눈망울 굴려
분주하게 먹이를 찾는다.

독도

여명의 유혹에
망망대해 둥지 튼 남매
찝쩍대는 치한의 손길
냉랭하게 뿌리치고
파도 꽃 노랫소리에
엄마 품 그린다.

짧은 시 짓기 전국 공모전 은상 수상작

신도 구봉산

붉게 타오르는 저녁노을
가슴에 품어 안고
하얀 파도 꽃 잠재우는
자장가 소리
고즈넉한 섬마을 감싸 안는다.

푸른 하늘 양털 구름
구봉산 정상에
사랑 한 조각 심어 놓고
어디론가 발걸음 옮긴다.

초록빛 바다를
애무하는 갈매기
해당화 꽃 짙은 향기
하늘 높이 실어 나르고

굉음을 울리는
큰 잠자리는
이별과 만남의 사연을
산자락에 뿌려 놓는다.

개망초 하늘하늘
이별의 손을 흔드니
구봉산의 정기를 가슴에 담아
울리는 뱃고동 소리에
몸을 맡긴다.

주객전도(主客顚倒)

어느 하늘에서 날아와
들녘을 주름잡고
노란 세상을 만들어 가는
개민들레

굴러온 돌이 박힌 돌 빼내듯
천만년 자리 잡아
끈질기게 이어온 삶
귀퉁이에 몰아넣고
의기양양 텃세 부리는 너의 모습
곱지만은 않구나!

주인을 내치고 그 자리에
기고만장하지 말고
서로를 보듬어 안아
상생의 길을 찾아
아름다운 행복의 꿈을
꾸려무나.

박새 꽃

지난여름 태양의 입김에
온몸은 사그라들어
대지 속으로 숨어들었습니다.

가을날 떨어지는 낙엽에
아픔의 사연들을 전해 들으며
이제나저제나
봄이 오기를 애타게 기다렸습니다.

매서운 칼바람 대동한 동장군
조금은 긴 시간
마실 간다는 소식에
누구보다 먼저
차가움이 동토를 밀어 올려
고개를 내밀었습니다.

뻐꾸기 울음소리
애잔하게 들려오고
뜨거움의 햇살이
초록의 잎새 헤집고 나를 찾으니
다시 깊은 잠을 자려 합니다.

누렇게 변해가는 몸뚱이
한숨으로 토닥거리며
마지막 혼신의 힘을 다하여
화려하지 않고 교만하지 아니한
한 송이 꽃을 피워
그대에게 바치옵니다.

사랑합니다.

친구여!

시장 골목 귀퉁이
허름한 순대 국밥집
세월의 흔적 드리워진
반들반들 식탁 위

한라산 소주 한 병
막걸리 한 병
순댓국 한 그릇에 깍두기
그 이상 무엇이 필요하리!

기나긴 세월
뒤돌아보며
한잔 또 한잔을 마시니
백발 성성한 모습
두 눈에 물기 어린다.

"삶"이란 굴레 속에
어제와 오늘이 다르고
내일이 다를 모습,
승천의 길
가까워 보이는구나.

한잔 들게나!
한잔 받게나!

친구여!
아프지 말고
건강하고 행복하게 살다가
그 어느 곳에 오라고 하면
너털웃음 터트리며
손잡고 가세

청첩장

장대비 그치고
동쪽 하늘 여명(黎明)이
창가를 두드리며
청첩장을 머리맡에 두고 갑니다.

한라산 댁 남벽 아가씨와
아랫마을 영실기암 큰 도령
시집 장가간답니다.

화환과 축의금 절대 사절!
입꼬리가 올라가고 있음을 느끼며
만사 제쳐두고 길을 나섭니다.

예식장인 방에오름엔
하객이 넘쳐나고
새색시 면사포로 얼굴을 가리고
이제나저제나 신랑을 기다립니다.

늠름한 새신랑
옥황상제 하사하신 근두운 타고
의기양양 입장하여
신부의 면사포 걷어 올립니다.

구상나무 연둣빛 동남동녀
연분홍 꽃다발 받쳐 들고
뻐꾸기 부르는 축가는
숲속에 메아리치며
불청객 까마귀 목청 높입니다.

거나하게 차려진 맑은 공기
돈 한 푼 안 들이고 배불리 먹고
콧노래 흥얼거리며
식장을 나섭니다.

남벽 : 한라산 남쪽 수직 절벽
영실기암 : 영실 오백 장군 제주 십경중 하나
방에오름 : 한라산 남쪽 해발 1,699m의 오름

홀아비바람꽃

봄바람 스치는 소리
산골짜기 바위틈을 헤집으니
부스스 눈 비비고 깨어나

겨우내 덮고 있던 이불자락
힘겹게 밀어 올리고
가녀린 몸매 청초한 모습
하늘을 바라본다.

눈부신 봄 햇살
부끄러이 가슴에 안고
온 힘 다해 꽃대를 세워
지고지순 하얀 얼굴 내밀어
고운 임 찾는데

시샘하는 한 줄기 바람은
그리움 가득한 마음을
흔들어 놓는다.

야생화

봄볕 오는 길
올망졸망 고운 모습
저고리 옷고름 풀어헤치고
안아달라 품어달라
애교를 떤다.

겨우내 모진 세파
한 많은 서러움
가슴속에 묻어두고

늘 솔길 귀퉁이
비추는 봄 햇살
배시시 웃으며 보듬어 안고
연지곤지 치장하여
단잠 깬 벌 나비 유혹을 한다.

화려하지 아니한 겸손한 자태
오월의 길목을 밝히고
짧은 행복의 고운 꿈
머릿속에 그린다.

초승달

가느다란 전선에 걸터앉아
은 구슬 눈물방울 흘린다.

몸뚱이 깎이는 괴로움
미리내에 하소연하며
어느 곳을 향하여
가려 하는지?

구겨진 한 조각 사랑의 사연
하늘가 귀퉁이 부여잡고
하소연한다.

코끝을 스쳐 가는
봄의 내음에
세월의 흐름을 깨달아
흐르는 눈물
옷소매로 닦아내고

흘러가는 세월에 닻을 올려
둥글고 탐스러운
옛 모습 찾아
힘차게 노를 젓는다.

화개산

붉게 타오르는 저녁노을
강화 남산 포구에 닻을 내리고
화개산 봉수대에
쉬어 가는구나,

새싹 내음 가득 실은
남쪽의 봄바람은
아스라이 보이는
북녘 하늘 연백평야
단잠 깨우고

파도 꽃 잠재운
은빛 물결 위에 비친 윤슬
유배의 신세를 탄식하는
왕족들의 한숨을 가슴에 안는다.

화개사 낙락장송
풍경소리 멈추게 하고
누구를 오라 손짓하는 것일까?

놀며 쉬면서 가세!

여보게 친구여!
놀며 쉬면서 가세
어차피 도달할 그곳
한번 가면 돌아오지 못할 그곳
무엇이 그리 급하여
바삐 가고 있는가?

금메달 따려 하는가?
은메달 따려 하는가?

춘삼월 불어오는
살가운 남풍에
남녘 소식도 들어보고
겨우내 아픔 이겨낸
산천초목 아픈 사연 들어보며
간간이 뿌리는 봄비에
하늘 소식 전해 듣고

카톡방 종종 들려
근황도 알려 주면서

여보게 친구여
흐르는 세월
어찌할 수 없지만
뒤도 돌아보고
옆에도 돌아보면서

행여 외롭고 슬픈 친구 있으면
대포도 한잔 나누며
사랑하는 친구여
놀면서 쉬면서 가세

얼음새꽃

꽁꽁 얼어붙은 설한의 계절
한 줌 햇살의 유혹을
뿌리치지 못하고
잔설(殘雪)의 틈새 헤집어
고개를 내밀고
고운 임 바라본다.

겨우내 닫혀있던
가슴을 풀어헤치고
부끄러이 노란 얼굴
배시시 미소를 머금고

화려하지 않은 자태
겸손한 모습
깊은 잠 깰 줄 모르는
벌 나비 기다리며

누구에게 영원한
사랑이 마음
고백하여 볼까!

얼음새꽃 : 복수초의 다른 이름 (꽃말 : 영원한 행복)

늙은 소

북한산 모퉁이
구불구불 우이령 길
늙은 소 한 마리
느릿느릿 발걸음 옮긴다.

헐떡거리는 가쁜 숨소리
워낭소리 대신하고
쟁기 끌고 밭갈이하던
지난날을 되새김한다.

고달픈 삶의 흔적
눈망울에 그려 놓고
비탈길 힘겹게 오르는데
이름 모를 산새들
먹이 찾아 낙엽 속
분주히 헤집는다.

어디를 가는 것일까?

고운 햇살 몸에 두른
의 좋은 다섯 봉오리
측은함의 미소 가슴에 담고
저만치 소죽 끓이는 냄새
발걸음 재촉한다.

도두봉(道頭峰)

허리춤에
저녁노을 두르고
고기잡이 통통배
품에 안는다.

바다 끝
아스라이 솟아오른 관탈섬
외로움 달래 주며
꿈나라 헤매는 등대
단잠 깨운다.

파도 꽃 일렁이는
짙푸른 바다
토닥토닥하며
통통배 키잡이에
그물 가득 고기 잡아 오라며
정겨운 미소 흘려보낸다.

도두봉 : 제주시 공항 북쪽 도두동 해안가에 위치한 오름
관탈섬(冠脫島) : 제주도와 추자도 중간에 위치한 무인도

어린 시절

고사리손 움켜쥐고 울음 터트려
얼기설기 엮어 놓은 초가 토담집
핏빛으로 물들였구나

바닷물 뱅뱅 둘러싸여
외로움이 가득하고
잠녀(潛女) 숨비소리
파도 꽃 일렁이어 잠재우는 삼다도

고지 바가지 보리밥 한 덩이
머릿속에 그리며
고추잠자리 날개에 꿈을 얹는다.

팽나무 가지 꺾어
노란 열매 한 움큼 굶주린 속 달래고

나무 한 짐 짊어지고
장에 가신 어머니
늙은 손에 쥐어진
동고리 사탕 그리며
오두막집 정낭은
점차 멀어져 간다.

정낭 : 제주의 대문 역할을 하는 나무

세월(3)

눈을 감았다 눈을 뜨고
하늘을 본다.
푸른 하늘 두둥실 뭉게구름
어제와 다름이 없는데

아! 세월아
네가 가는 것이냐?
내가 가는 것이냐?

푸르름 자랑하던
늘 솔길 숲에는
생명 다한 낙엽들
수북이 쌓여 있고

푸른 잎새 부여잡고
목청 높여 노래 부르던
산새들 어디로 가고
까마귀 울음소리
텅 빈 마음 할퀴고 지나간다.

벌거숭이 나무들
침묵의 시위를 하며
한 줄기 된바람
품에 안기니
세월의 흘러감을
깨우쳐 준다.

아! 세월이 가는구나.

아내의 생일 술독에 묻다

깊은 밤 하현달
창가에 걸터앉아
잠 못 이뤄 뒤척이는 임
이불깃 고쳐 주는구나

나는 네가 되고
너는 내가 되어
평생을 함께하며
기쁨도 슬픔도
같이 하자고
새끼손가락 걸었다.

때로는
미워한 적도 있지만
순간임을 깨우치고
영원한 동반자임을
가슴 깊이 담는다.

창가에 비친
달빛을 보고
임의 귀빠진 날
술독에 묻었음을
뒤늦게 깨우치고
양어깨에 손을 얹는다.

주름진 얼굴
배시시 웃는 모습
부부(夫婦)라 불리는 것일까?

덕항산

백두대간 허리 자락
바지춤 추켜올리고
동해 푸른 물결 굽어보며
고운 햇살 한 아름
보듬어 안고

부끄러이 감추어 온
은밀한 곳
오억 삼천만 년의
신비를 간직한
가슴을 풀어헤친다.

은하철도 999 노랫가락에
몸을 싣고서
힘차게 흐르는
덕항산 혈관을 더듬어보는데

끊임없이 쏟아내는 폭포는
오랜 세월 참아 온
피눈물인가 보다.

감악산

감악산 구름다리 출렁출렁
내 마음 출렁인다.
범륜사 노스님
낭랑한 불경 소리
운계 폭포 헤집고

인자하신 백옥 관음상
깊은 사랑 주신다.

매서운 칼바람
고즈넉한 산사에 머물며
속세에 더럽혀진
산객의 업보를
호되게 꾸짖는다.

산사 모퉁이
누군가 소원 빌며
쌓아 올린 돌탑에
돌 한 덩이 올리고
두 손 합장
일배 이배 삼배 고개 숙인다.

짧은 만남

사흘 밤 하고도 한나절
즐거움의 시간
고희의 얼굴에
그려진 삶의 흔적들
서로를 훔쳐보며
함박웃음 터트리고

추억의 보따리 풀어헤쳐
술잔을 부딪치며
세월 한 조각
맑은 술 위에 띄워
마셔 버린다.

늘 솔길 걸음에
헐떡이는 가쁜 숨소리
정겨움이 넘쳐흐르고
등 떠밀고 이끌어 주는
사랑의 향기 숲속을 메운다.

굉음을 내며
하늘을 날아오르는
커다란 잠자리 날개가
초겨울 고운 햇살
보듬어 안고 손짓을 한다.

잘 가게나!
잘 있게나!
눈가에 이슬방울 반짝인다.

마음의 정화(淨化)

짙푸른 가을 하늘에
두 손을 모으고
내 마음 비워 달라
간절히 빌어 봅니다.

남을 미워하고
남을 원망하며
사랑을 잃어버린
삶의 부끄러운 흔적들

흩날리는 낙엽에 묻히어
다시 돌아올 수 없는
미지의 세계로
보내 버리고 싶습니다.

텅 빈 마음속 도화지에
맑은 하늘 두둥실 뭉게구름
울긋불긋 고운 단풍
지저귀는 산새 소리
그윽한 국화 향기
그려 놓고 싶습니다.

게드래기(집게)

세상에서 제일 큰 서러움은
제집을 가지지 못함인데

어쩌다
얄궂은 운명을 타고나서
남이 버린
헐 떠름한 빈집을 등에 업고
집시 되어 방랑의 길을 걷는다.

붉은 망토
온몸 감싸고
지천으로 쌓인 먹잇감에
정신을 빼앗겨
내일의 서러움을
알지 못하고

등 걸머멘
보호막을 행여 잃을까
단단히 걸머메어
오늘도 미지의 세계를 향하여
엉금엉금 걸음을 옮기며
유목민의 찬가를 흥얼거린다.

게드래기 : 집게의 제주도 방언

새별오름 (曉星岳)

아름다운 여인의 나신(裸身)인 듯
매끄러운 곡선미 자랑하며
올망졸망 다섯 개 봉오리
샛별을 맞이한다.

나무 한 그루
키워 낼 수 없는 숙명 속에
민둥이 몸뚱이에
억새꽃 키워
부끄러운 곳 감싸는구나.

동지섣달 지나가고
정월달
둥근 보름달 떠오르면
몸뚱이 불태워질
운명임을 한탄하며
억새꽃 잠 깨워
현란한 춤의 향연 벌인다.

남태평양 사나운 바닷바람
가슴에 보듬어 안고
지나는 길손 오라 하는 듯
억새꽃 홀씨를
바람에 날려 보내며
한 서린 눈망울
샛별을 그린다.

새별오름 (曉星岳) : 해마다 정월 대보름을 전후하여 오름 전체를
불태우는 제주 최대의 들불 축제가 열리는 오름

고향

가을 하늘 맑은 햇살
온몸 두르고
두둥실 뭉게구름
오라 하는 곳
옛살비 도갓집
정자를 찾는다.

수백 년 세월의 흐름 속에
숱한 인고의 사연을
가슴에 고이 간직한
정자 지기 팽나무
허름한 이웃의 슬레이트 지붕
허물어질까 두려워
사나운 북풍을 가슴에 안는다.

장군 멍군 세월 낚던
촌노들 어디로 가고
고난의 세월 흔적 드리워진
할머니 고개는
숙였다 세웠다 반복하는데

텃밭 넘어 빼꼼히 고개 내민
감귤나무 우듬지에
힘에 겨운 둥그런 열매
노란빛 연지로
치장하고 있구나.

옛살비: 고향
도갓집: 제주시 한경면 청수리 옛 향사
사거리

난(蘭)의 푸념

다정한 이웃들과
이별을 고하고
분홍색 리본으로 목걸이 하여
허름한 이층집 베란다로 이주(移住)하였다.

귀한 대접받으며
호사스러운 생활 끝내려 하니
흐르는 눈물 가슴에 담고
타고난 운명을 거스르지 아니하였다.

창틈새로 불어오는 소소리 바람과
내리쬐는 태양의 뜨거운 입김을
견뎌내며
청초한 나의 모습 지켜내고

간간이 내려주는
정화수에 목을 축이며
가녀린 몸뚱이 꼿꼿이 세워
여느 꽃에 견주어 손색이 없는
하얀 은백색 꽃을 피웠다.

기나긴 인고의 세월 뒤돌아보며
한숨을 토해내니
그윽한 향기로 변하여
찾아오지 않는 벌 나비
기다려 본다.

임 오시려나

높은 하늘 미리내
구름 속에 숨어들고
마파람 간간이 불어와
가슴에 안기니
옛 어른 말씀에
장독대 덮는다.

나비잠 깨어
엄마 찾는 두 살배기 아기
젖 달라 칭얼거림에
풀어헤친 가슴엔
미소 띤 아리아 춤을 추고

오매불망 그리던 임
창가에 볼우물 띄며
살포시 손을 내민다.

두 팔 활짝 벌려
가슴 열고 반기오니
달보드레한
생명수 바리바리 지고 오소서.

내 꼬락서니

하늘이 얼마나 높은지
바다가 얼마나 깊은지
깨우치지 못하는
아둔함이 극치

미숙이 덩어리임에
사물을 제대로 보지 못하고
아름다움의 세계를
들여다보지 못하는
멍텅구리 내 꼬락서니

부끄러움을 알며
겸손의 미덕을 알며
남을 사랑할 줄 알며
남의 아픔을 이해하고
진정한 승자와 패자를
구분할 수 있는
깨우침은 언제 이루어질 수 있으려나?

하늘을 올려다본다
내 꼬락서니
투명 거울에 비추어 본다.
참으로 보잘것없구나.

반가운 손님

시 꿈의 별님들
아름다운 제주에 오시니
설문대 할망 단비 뿌려
잡동사니 치워내고
주름진 앞치마로 문지방 닦으신다.

한라산 영실 오백 장군
근엄한 얼굴에 미소 번지고
싱그러운 산바람 선물로 안기며

산방굴사 대자대비 부처님
자비 베푸시고
추사 선생님 혼을 품은 송악산
시상의 영감 주시니

어허야 디야 어기여차

큰 별이 더 큰 별이 되어
시상이 나래를 펴니
시 꿈의 그윽한 향기
온 세상에 퍼진다.

숯을 굽는 동산에서

돌 틈새 바람 막아
며칠 밤 새우잠 자며
나무를 불태워 구워낸 숯 한 짐
눈물 콧물
때 묻은 소매로 닦아내며
앙상한 등에 짊어지고
오십 리 길 한달음에 달려와
보리쌀 한 됫박
고등어 한 손

의기양양
초가삼간 싸리문 열어젖히면
올망졸망 귀여운 새끼들 볼을 비비고
고지 바가지에 담긴 보리밥
숟가락 다섯 개 분주히 들락거리네.

굶주린 배 물로 채우고
곰방대 입에 물고
먼 산을 쳐다보며
깊게 들이마신 담배 연기
한숨 섞어 내뿜는다.

흔적 없이 사라진 숯가마 터에는
똥 나무꽃 활짝 피어
한 서린 촌부의 속 타는 향기 풍기고

시끄럽던 까마귀
울음소리 멈추고
그 옛날 숯 굽던 이의
한을 달래주듯 둥지 속에
잠잠히 웅크리고 있나 보다.

분수(分數)

작은 그릇에
많은 것을 담으려 하니
넘쳐흐르고

좁은 가슴에
큰 뜻을 품으려 하니
가슴앓이 심하구나.

치자꽃은 장미꽃이 될 수 없으며
웅덩이 민물고기
바다에서 살 수 없듯이

분수(分數)를 알아야 하는데

머물러야 할 곳과
머물지 말아야 할 곳을
구별하지 못하네.

달면 삼키고
쓰면 뱉어 버리는 험한 세상
"오르지 못할 나무 쳐다보지 말라"는
옛 속담의 평범한 진리를
깨우치며

자기 분수(分數)를 알고
겸양(謙讓)의 미덕을
지키는 삶은
어느 때나 오려 하는가?

담쟁이 넝쿨

어쩌다
척박한 도심의 한 귀퉁이
끈질긴 생명의 뿌리 내리고

촉촉함의 물기를
내리쬐는 태양이 삼켜버려
삶의 터전
뜨겁게 달구어졌는데

우듬지 다투며
하늘 향해
푸른 잎새 두 팔 벌린다.

가냘픈 마디마디 손
찰거머리 거미가 되어
양분 없는 건물의 벽을
기어오른다.

대문호 오 헨리의 마지막 잎새
주인공의 자긍심을
가슴에 품고
이글거리는 햇볕과
당당하게 맞선다.

산(山)

반세기를 훌쩍 넘겨
살아온 어느 날
청춘을 불살랐던 일터를 떠나
허전함에 눈물을 흘렸고
하늘을 향해 외로움을 호소하였습니다.

언제나 그 자리에서
무시로 고운 옷 갈아입으시어
생(生)의 진리와
위대한 자연의 섭리를 일깨워 주시는 임

힘겨운 삶의 멍에
괴로움의 마음을 토닥거려 주시고
슬픔을 함께하며
행복을 안겨 주셨습니다.

봄비가 창가를 살며시 두드리고 있습니다.
허름한 배낭을 준비하고
매지구름 걷히고 한 줌 햇살 비치면
그대를 찾으렵니다.
살포시 안아 주십시오!

반세기하고 사반세기
저만치 보이는 부끄러운 삶
그대 품에서
행복을 찾으렵니다.

가마오름의 애환

당멜오름 산방산 동무하고서
태고의 곶자왈 가슴에 품고
어미의 젖가슴 모양
야트막한 가마오름.

술패랭이꽃 만개하여
한 서린 몸뚱이 감싸 안는다.

치 떨리는 왜놈들 등쌀 속에
피눈물 흘려 웅덩이 되어
철부지 개구쟁이 물장구치게 하고
허리 굽은 우리네 어머니
물 허벅을 채워 주었다.

무지막지한 일본 놈 총칼에
육신은 할퀴어 상처투성이
말채찍 휘둘러
촌노의 등 뻘건 자국 남기며
오장육부 긁어내어
구차한 목숨 연명한 악마 같은 놈들!

살가운 서해 바닷바람 불어와
위로의 손길 뻗치면
지경청 빌레왓 굽어보면서
피눈물의 애환
눈물로 하소연하며
짧은 줄거리 전설이 되어 감을
애달피 통곡하노라.

지경청, 빌레왓 : 청수리 토속 지명
가마오름 : 제주시 한경면 청수리 소재
일본군 최대 진지동굴이 있는 오름 (현재 평화 박물관)
당멀오름 : 제주시 한경면 저지리 소재 저지 오름

바닷가 풍경

비릿한 파도 꽃 내음
봄바람에 실려 와
휑뎅그렁 심장 속을
흔들어 놓고

늦은 봄 햇살
고단한 삶의 길목을 비추며
허공을 나르는 갈매기에
윤슬을 뿌려 줍니다.

아스라이 보이는
통통배 거친 숨결은
푸른 하늘이 감싸 안고

생(生)과 사(死)를 넘나드는
잠녀(潛女)의
처절한 휘파람 소리
해변을 수놓으며

잃어버린 보금자리 찾아
날카로운 바위틈새 헤매는
게 한 마리
밀려오는 파도에
몸을 맡긴다.

청각장애

태양의 내뿜는 뜨거운 숨결
대지는 이글거려
비명을 질러대고

세상을 구경하려
갓 피어난 어린 새싹들
뜨거운 열기에
살포시 고개 숙인다.

제철 만난 능소화
두 팔 벌려 하늘 향해
고운 자태 자랑하고

심장의 박동 소리
펄펄 끓어오르는데,
헐떡거리는 가쁜 숨소리에
귀퉁이 물체가 냉기를 뿜어낸다.

갑자기 들려오는
앙칼진 음성
두 눈 휘둥그레 반문한다.

"여보? 전기세 나와요?"
"뭐요? 전기세 씨가 오셨다고요?"

돌팔이 의사

녹슬어 멍든 머리
굴리고 굴려서
산고의 진통 참아내며
한 조각 시를 순산하여
회심의 미소를 띠었다.

고슴도치 제 새끼 함함하듯이
쓰다듬고 쓰다듬어
나름대로 번듯하게 키워
명부에 이름 올린다.

시간의 흐름 속에
아픔을 호소하는 녀석
이마를 짚어본다.

손발이 차가워
솜이불 덮어주고
여기저기 종기에 고름이 흘러
역한 냄새 지우려 향수를 뿌려주며

건장한 모습 기대했는데
돌팔이 의사 잘 못 만나서
만신창이 기형아 되어

한 귀퉁이
구겨진 휴지가 되어
한 서린 원망의 눈길을 보내고 있다.

무효표

어수선한 거리
평상을 되찾고
당선된 이 낙선된 이
울고 웃는다.

하얀 파도 일렁이는
바닷가 뚝배기집
뚝배기에 소주 한 병 시켜 놓고
다디단 한 잔의 술
목구멍으로 넘기니
오장육부 편안하구나.

겨우 한글 해득
구순의 우리 장모님
지방선거 이야기로 말문을 여신다.

교육 대통령 누구 찍으셨냐고
여쭈어보니
사위 절친 김 씨 정성 들여 찍고
발걸음 돌리려는데
엊그제 거친 손 잡고
함께 사진 촬영한 이 씨 칸에도
찍고 나오셨다고
의기양양 말씀하신다.

술잔을 들다 말고
터져 나오려는 웃음을 참는다.

두 표 차이 낙선이었으면
딸내미 돌려 드리려 했는데
당락과 관계없으니
마음속 너털웃음 터트리네
허허허!

우뭇가사리의 일생

나의 고향 제주 바다
야트막한 바닷속 바윗덩어리

밀려갔다 밀려오는 거센 파도 속에
힘겹게 뿌리 내려
물고기 쉼터 되고
때로는 양식이 되며
끈질긴 생명 이어 오는데

어느 날
휘파람 부는 해녀 손에 이끌려
평생 처음 육지 구경하였다.
어렴풋이 본 적 있던
태양의 뜨거운 입김을
시멘트 바닥에서 들여 마시며
나의 몸 촉촉함은 사라져 간다.

고향의 향기 잃어버리고
홍두깨 방망이로 수없이 내리치어
오물 덩어리 털어내니
새털 같이 변하였구나.

펄펄 끓는 물에
서너 시간 끓여 대니
육신은 산화되어
형체를 찾아볼 수 없는
희멀건 액체로 변하였다.

한 많은 일생 마감하고
우무라는 이름으로
환생하여서
새로운 생을 꿈꾼다.

考試生 이야기

추적추적 봄비 내리는 신림동 고시촌,
허름한 뼈다귀 해장국집 문을 들어선다.
해장국 한 그릇에
소주 한 병 주문하고
귀퉁이 테이블 점령한다.

시야에 들어오는 옆 테이블
양어깨 축 늘어지고
두 눈동자 생기 잃은 젊은 친구
빈 소주병 하나에
반쯤 남은 소주병 하나
묵묵히 허공을 응시하는
무표정한 얼굴
내팽개치어 무거워 보이는 책가방
안쓰러워 보인다.

기차 타고 버스 타고
한나절 걸리는 두메산골
서울에 대학 합격했다고
애지중지 닭 잡아
동네잔치 벌였고
산나물 약초 뜯어 뒷바라지하며
이제나저제나 금의환향
손꼽아 기다리는
팔순이 가까운 부모님!

나이 서른 가까이
이곳저곳 취업의 문 두드렸지만
번번이 낙방 수십 차례
두 달 밀린 월세 독촉에
두 평 남짓 비 가림 방
들어가기 싫다네

아! 이 세상,
그 누가
이 젊은이의 가슴을
이토록 아프게 후벼 내는 것일까?

젊은이여!
희망을 품게나
기회는 반드시 올 것이야!
좌절하지 말고
고향의 팔순 부모님을 생각해
힘! 힘을 내시게나,

한잔 술 권하고
문을 나서는 노인
무력감만 더하고
발걸음 무겁기 한이 없구나.

꼴값

땅속의 기차 9호선
안간힘 다해 몸을 쑤셔 놓는다.
내 발이 어디 가고
내 몸이 어디로 가는지?

어렴풋이 보이는 그림
지팡이 든 노인과
후세를 품은 여인의 모습
시야에 들어온다.

다리를 꼬이고 의자에 앉아
손전화기 놀리는
앳된 처자의 모습

내 팔을 붙잡고
간신히 지탱하는 할머니
너무 안쓰러워
자리 양보하길 권해본다.
마지못해 일어서며
내뱉는 말

청각장애인 귀가 뻥 뚫린다.
“꼴값하네!
공짜로 타는 주제에,”

아!
내 후대의 모습인가?
세금 밀린 적 없는데
이 시대의 삶이 부끄러워진다.

어떤 노인

예전엔
항상 관심 속의 노인이었다.
저녁노을 보금자리 찾으면
동구 밖 자동차 소리에
귀 기울이고
이제나저제나 가슴 태웠다.

쉬지 않고 흘러가는 세월에
그 관심을 딸려 보냈나 보다.

황금돼지가 한해의 중반을 치닫는다.
큼지막한 달력의 오월
숫자 밑에 쓰인
몇 글자 가슴에 안기며

오랜 세월 함께한
헐 떠름한 배낭에 잡동사니
꾸깃꾸깃 쑤셔 담는 노인
조금은 긴 시간
떠나려 하나 보다.

기다리지 않으련다.
그리우면
옛살비 찾아오겠지!
무소식은 희소식 이리라!

어떤 노인의 아내가!

나도 한 마디

척박함의 자갈밭
손발이 닳도록
피눈물 흘리며 일구어 온
조상의 얼이 서린 제주도

태곳적 신비의 천혜 자원을
관광산업의 발전이란 미명 아래
무참히 훼손하여야 하는
또 다른 공항을 만든다고 하니
참으로 개탄스러운 일이다.

배곯아 본 적이 없고
집 없는 서러움을 모르며
자연의 무서움을 모르는
철부지 위정자에게
한마디 하련다.

참다운 관광은
약간의 불편이 있더라도
제주의 진정한 모습을
보여 주어야 함에도
머릿속에 개똥만 쌓여 있는지?

오죽하면 학업의 현장에서
우리의 아들딸들의
머리띠 두르고
더 이상의 파괴를 반대하는
목소리를 높이겠는가?

돌대가리 그만 굴려
제주의 자연에
더는 아픔을 주지 말고
아름다운 우리의 고향
후손에게 맡겨주면 안 되겠는가?

왕벚나무

굴곡진 삶의 흔적
마디마디에 그려 놓고
남녘 하늘 상긋한 봄바람
가슴에 안는다.

설한의 고통
마음속 깊이 묻어 놓고
철부지 고운 꽃 송이송이
하늘을 밝히며

심장에 담아 놓은
아픔의 수많은 사연
허공을 유영하는 꽃잎에 실어
푸르름의 계절에
띄워 보낸다.

황홀한 만남

수줍은 백목련
흰 저고리 적삼 벗어들고
덩실덩실 살풀이춤
파도 꽃을 잠재운다.

새 생명 단잠 깨우는
부슬부슬 봄비가
배려의 고운 꽃다발
가슴에 안기며

나보다 너를 먼저 생각하는
시(詩)를 사랑하는 고운 임과
황홀함의 만남을 주선한다.

다섯 해 곱지 아니한
삶의 흔적을
말끔히 벗겨버린
잊지 못할 만남의 순간들

심장의 한가운데
영원히 간직하련다.

수평선

짙푸른 바다와
면사포 구름 감싸 안은
푸르른 하늘이 만나
사랑이 밀어 속삭이는 곳

아름다운 사랑의 노래
울려 퍼지고
파도 꽃 일렁이며
저녁노을 쉬어 가는 곳

사랑을 듬뿍 싣고
돛단배 띄운다.

엉켜있는 실타래 풀리듯
꼬여있는 마음을 열고
무디어진 멍든 손가락
한 줄의 편지를 쓴다.

미워하지 아니하고
배려의 고운 마음
장미꽃 송이에 담아
하얀 돛대에
내 마음 실어 보낸다.

갯국화

설한의 계절에
심장에 꼭꼭 숨기었던
노란색 갯국화 꽃 송이송이
칼바람 동장군을
반가이 맞이한다.

인고의 기나긴 세월
아픔의 사연들
가슴에 묻어 놓고
바윗덩이 틈새에서
희망의 봄을 꿈꾸며

겨울잠 깊이 들어
깰 줄 모르는 벌 나비
아름다운 사랑의 손길
애타게 그린다.

하얀 눈가루 뿌려주는
매지구름에
마음을 활짝 열고
정이월 눈부신 한 줌 햇살
온몸을 두르고
봄이 오는 길목을
환하게 비친다.

파도 꽃

하얀 파도 꽃 활짝 피어
푸르른 바다 위를 수놓고
끼룩끼룩 허공을 나르는
갈매기 오라 하여
현란한 춤의 향연 벌인다.

빼꼼히 내민 한 줌 햇살
외로움에 떨고 있는
하얀 등대 토닥거리며
평화롭게 유영(遊泳)하는
한 무리 바다오리에
고운 미소 보낸다.

뒤바람에 실려 온
그리운 임의 숨소리
가슴에 안고
그리던 모습 더듬어 보려
이리저리 헤매다

세월 속에 할퀴어진
해변의 바윗덩이 품속에서
꽃가루 날리며
산산이 부서지는
아름다운 꿈이여!

설국(雪國)

새하얀 눈가루 하늘을 가리고
설화 활짝 핀
늘 솔길 품속을 헤집는다.

발자국 내디디면
뽀드득 소리
닫힌 마음 풀어헤치고
가쁜 숨 토해내니
하얀 구름 되어
허공을 나르며

나뭇가지 송이송이 눈꽃이
한 줄기 바람에
꽃가루 날리며
환영의 인사 건넨다.

가슴에 응어리진
원망과 미움의 마음을
깨끗이 비워 버리고
하얀 마음 한 바구니
쓸어 담는다.

설국을 헤매던
노루의 맑은 눈망울
한 줌 햇살을
애타게 그린다.

안산(鞍山)에서

애국지사 혼령들
피맺힌 절규
안산(鞍山) 허리 자락
맴돌며
매서운 칼바람
무악재에 쉬어간다.

눈 아래 멋진
파란 기와지붕 집
서대문 형무소 역사의
아픔을 알고 있는지?
평화롭기만 하구나.

아스라이 보이는
삼각산 세 봉우리
고운 햇살 보듬어 안고
한 서린 영혼들 토닥거리며
도심이 거친 숨결
들여 마신다.

둥지 속에 몸 감추고
울부짖는 까마귀 울음소리
텅 빈 마음 할퀴고
숭고한 혼령(魂靈)의
인고의 세월 더듬어 본다.

사랑의 열매

초겨울 고운 햇살
앙상한 나뭇가지 헤집고
죽절초 사랑의 열매에
오랜 입맞춤 하는데

칼바람에 실려 온
잎새들
쉼터 찾아
이리저리 헤맨다.

어디선가 날아온
까마귀 한 마리
벌거숭이 나무 우듬지 차지하여
헤어진 임을 찾아
구슬픈 가락의 노래 부르고

톱니 잎새 위에
방울방울
사랑 머금은 빨간 열매
누구에게
애틋한 사랑 고백하는 것일까?

김 삿갓 흉내 내기

내 나이 묻지 마십시오!
오라 하는 곳도 없고
가야 할 곳도 없습니다.
죽장에 삿갓도 없습니다.
방랑 삼천리가 될지
방랑 일천 리가 될지 모르옵니다.

충실한 수행비서 손전화기 동무하고
숨비소리 가득한 삼다도를
잠시 떠나려 합니다.
어디를 가야 할지
잘 모르겠습니다.
구걸은 하지 않으렵니다.

오백 원 동전 하나면
서울 하늘 돌 수 있고
한 잔 술 취하면 주막이 아닌
찜질방 찾아들어
귀퉁이 차지하고
신나게 코를 골겠습니다.

바람이 부르면
천당과 지옥을 가리지 않겠습니다.
산이 부르면
무조건 달려가겠습니다.
백 대 명산 섭렵한 두 다리 믿고
하늘 아래 모든 땅
걷고 싶습니다.

수십 년 내 등과 단짝인
헐 떠름한 배낭
유일한 친구입니다.
걷고 걷다 지치면
마지막 힘을
옛살비 찾는데 쏟으렵니다.
뵙는 날까지 안녕히 계십시오.

모녀(母女)의 정(情)

곱지만은 않은
삶의 굴레 속에서
모녀(母女)의 정(情)은
오랜 세월을 잊고 있었습니다.

바닷바람이
은백색 머리카락을
춤추게 하고
하얀 파도 꽃
그 옛날 사랑을
또다시 안겨 줍니다.

세월의 흔적 그려진 얼굴에
윤슬이 내려앉아
지난날 아픔의 추억을
소곤거리며

늙은 할멈과
조금 늙은 할멈의
마주 잡은 손목에
지렁이 꿈틀거립니다.

하늘과 바다의 경계를 이루는
머나먼 저곳이
모녀의 애틋한 사랑의 새싹을
키워 갑니다.

청보리

깊은 잠 깨어
꽁꽁 얼어붙은 대지
힘차게 뚫고
고개를 내밀어
고운 햇살 품에 안으니
파란 새싹 위로 윤슬이 비친다.

푸르른 몸뚱이
대지를 감싸 안고
바다 내음 풍기는 칼바람에
덩실덩실 춤을 추며
알알이 영근
이삭의 고운 꿈 무르익는다.

어디선가 날아온 참새들
아늑한 보금자리 되어
지친 몸 쉬어 가게 하고
뜨거운 태양의 빛을
머릿속에 그린다.

죽절초(竹節草)를 아시나이까?

저는 죽절초(竹節草)라 불리옵니다.
들판에 흔한 풀이 아니랍니다.
타고난 운명이라 아름드리나무는 아니지만
가녀린 몸뚱이 마디마디에
꼿꼿한 절개를 지니고
사시사철 빛나는 톱니 잎새 가꾸는
엄연한 나무랍니다.

춘삼월 지나고
초여름이 오면
꽃대도 꽃잎도 없이
은은한 향기 뿜어내는
연한 황록색 꽃을 피웁니다.

이 꽃 저 꽃 찾아다니며
사랑을 구걸하는 벌 나비 싫어서
나무 잎새 꼭꼭 숨어 있다
낙엽 지고 찬 바람 불어오면
귀여운 빨간 사랑의 열매 맺어
하늘 향해 자랑하며
다시 꽃 피울 때까지
품에 안고 있습니다.

저는 추위를 싫어합니다.
제주도에만 살아갑니다.
귀하고 귀한 나무랍니다.
홀대하면 이 나라에서 영원히
사라질 줄 모르옵니다.

많이 사랑하고
아껴 주세요!
종족의 보존과 번성을 위하여
최선을 다하렵니다.
죽절초 올립니다.

죽절초(竹節草) : 제주도에만 자생하며 희귀식물 2급
홀아비꽃대에 속하는 키 작은 나무
꽃말은 사랑의 열매로 사회복지공동모금회 아이콘 상징인 열매

참회(懺悔)

받기만 좋아했고 주는 것을 싫어했다.
남의 잘못 질책하기 좋아했고
칭찬받기 좋아했다.
이웃의 불행 나 몰라라 하고
아픔을 함께하지 못했다.

항상 나의 마음속 썩은 잣대로
남의 평가를 즐겼고
그 잣대에 맞추도록 강요했다.
남보다 나를 먼저 생각하며
마음과 행동 위선의 탈을 썼다.

부끄럽고 또 부끄럽다.
수많은 사람에게
달콤한 혓바닥 놀리며
자신의 주제를 파악하지 못하고
남들만 잘하라고 외쳐댔다.

그러나 이제
되돌릴 수 없는 현실
이미 엎질러져 버린 물
후회막급이다.

이제부터 노력하려 한다.
과거의 잘못 되풀이하지 않고
나로 인해 남의 피해가 없고
남의 마음 아파하지 않도록
마음을 가다듬어 보련다.

비움과 채움

비우면 얻어지고 채워진다는
어느 큰 스님의 말씀
가슴 깊이 새겨들어

가슴 가득
원망과 미움의 마음
깊은 산골짜기에 비워 버리고

상큼한 산바람과
사랑하고 배려하는
고운 마음 가득
채워 왔는데

남녘 하늘 봄바람의 유혹을
뿌리치지 못하였는지
바람난 고운 마음은
어디론가 떠나가 버렸다.

엊그제 초승달
둥근 보름달이 되었는데

비우지 못함일까?
채우지 못함일까?
구멍이 나서
새어버리는 것일까?

털머위 꽃

봄 여름 가을
아름다운 꽃들과
다툼이 싫어서
솜털 보송보송 넓은 잎새에
몸을 감추고
고운 꿈을 꾸었나 보다.

흩날리는 낙엽에
가을이 이별함을 전해 듣고
긴 잠 깨어나
가녀린 몸뚱이 꼿꼿이 세워
꽃망울 터트리니

푸르름. 숨어버린
숲속 노랗게 물들인다.

어미 찾는 새끼노루
토닥토닥하고
살며시 찾아온 네발나비에
온몸 맡기며
다시 찾은 사랑을 반기는구나.

털머위 꽃말 : 한결같은 마음, 다시 찾은 사랑

아기 동백

검은 구름 사이
초겨울 따사로운 햇살

휑 덩그렁 마음속 헤집어 들고
아기 동백 하얀 꽃
된바람에 고개 숙여
꽃잎 하나둘
나비 되어 허공을 나른다.

푸르른 몸뚱이 감싸 안은 햇살
흰 눈 오는 길 가로막고
뒤늦은 꽃봉오리
게으름을 나무란다.

동장군 거느린
겨울이 저만치 오는데
계절을 느끼지 못한
철부지 아기 동백 꽃봉오리에
까마귀 몇 마리
겨울 채비 재촉한다.

가을꽃

고운 모래 지친 몸
휴식하는 바닷가
하얀 파도 꽃 내음
가을 하늘 수놓고

해바라기꽃 활짝 피어
오매불망 그리던
임을 향해 웃음 짓는다.

정염을 불사르던 코스모스
멀리 떠난 벌 나비
옛 모습 그리는데

햇살 가린 노란 양산 속
연인의
달콤한 사랑의 속삭임은
파도 소리에 묻힌다

아 세월아!

열 손가락
오므렸다 폈다
날이 가고 달이 가고
해(年)가 가기를
간절히 바라던 시절
엊그제만 같은데

앞만 보며 달리는 세월
뒤돌아보지 않는다.

미리내 잡으려 우뚝 솟은 한라산
꽃 피고 지고
되풀이하여도
언제나 그 모습 그대로인데

거울 속에 낯선 얼굴
하얀 물감 머리 덮이고
일그러진 얼굴에
골짜기 수없이 그렸구나.

아! 세월아!
무엇이 그리 급하여
발걸음 재촉하느냐?
놀면서 쉬면서
뒤도 돌아보고
옆에도 보면서
쉬엄쉬엄 가거라.

오직 그대만을

복사꽃 곱게 치장하여
깔깔대는 웃음소리에
산당화 잠을 깨어
눈을 비빈다.

봄 햇살 따사로운 애무에
터질 듯 봉긋한 젖가슴
두 손으로 감싸 안아

겨우내 시린 세월
더듬어 보며
기다란 가시 몸뚱이
헤픈 사랑의 구애를 뿌리치고

오랫동안
가슴속에 그리던
사랑하는 고운 임에게
부끄러이
색동저고리 옷고름 풀어헤친다.

오로지 그대만을 위하여!

몽돌 해변의 합창

동글동글 몽돌이
쉼. 하며 사색을 즐기는데
살가운 하늬바람에
하얀 파도 꽃
정겨운 애무를 하고

현란한 손놀림으로
연주를 시작하면
사그락사그락 철썩철썩
아름다운 하모니
가을 하늘에 수를 놓으며

높고 낮게 느리고 빠르게
울려 퍼지는 합창 소리
몽돌 해변
몸 감추는 석양에
이별을 고하며
사랑하는 닻별을 그리워한다.

닻별 : 별자리 카시오페이아

골프공의 반란

곱디고운 상자 속에
단꿈 꾸던 나를
나의 주인의 살포시 끌어안는다.

나의 갈 곳은 멀리 보이는
작은 쇠 구멍에
최 단걸음에 땡그랑 소리 내며
들어가야 하는데
어찌 된 일인지
이리 가려면 저리 쳐대고
저리 갈려면 이리 쳐댄다.

내 친구들은
네댓 번 만에 빨려 들어가는데
벙커에서 모래 잔뜩 뒤집어쓰고
곱빼기로 두들겨 맞아
여기저기 부딪혀
상처투성이 만신창이 되었다.

한숨 돌리려는데
나의 주인은 나를 길바닥 한가운데
내동댕이쳐버리니
통통 통통 퉁겨져
피투성이 되었다.

나의 주인 갑질에
다음 홀
허공을 날아가다가
방향을 틀어
영원한 이별을 고하며
자그마한 호수에
내 몸을 던진다.

막둥이 딸

일남 이녀 늦둥이 막둥이 딸
고사리손 잡아
막대 사탕 사주면
쪽쪽 빨던 시절이 엊그제 같은데
어느새 날개 달고 둥지를 떠났구나.

푸른 꿈 키운다며
천리타향 낯선 곳에
쪽 방을 전전하는 막둥이 딸,

소방차, 구급차 사이렌 소리에
가슴은 쿵쾅거려
전화기 들었다 놨다
안절부절못하며
그리운 얼굴 보고파
가슴만 쓸어내린다.

착하고 어진 낭군 만나
알콩달콩 살아가면
얼마나 좋으련만
머리통 굵었다고 제 뜻만 고집한다.

떡볶이로 끼니 때우고
미래의 행복을 위해
현재의 고난 묵묵히 참아낸다.

무서운 마누라도
고양이 앞에 쥐 격이라
눈치 보기 바쁘고
대자대비 부처님께
두 손 모아 합장하며
소원 성취 간절히 비는구나.

나무젓가락의 일생

아름드리 통나무 갈고 다듬어
평생을 같이하려
몸통 하나로 얼싸안고 태어나서

변변치 않은 비닐 옷 걸쳐 입고
커다란 상자 안에
나란히 나란히
단잠 자며 누워 있는데

어느 날
삼겹살 굽는 냄새 풍겨 오더니
억센 손에 이끌리어
사정없이 갈라놓는구나.

간혹 그리운 내 짝
살짝 가까이 마주하게 하여
뜨거운 삼겹살과
동굴 속을 드나들더니
매정하게 영영
함께 할 수 없는 공간으로
내동댕이치는구나.

이것의
우리 운명이라
가슴에 응어리 풀어 버리고
타고난 운명 탓하지 않으리라!

발자국

기나긴 세월
걸어온 나의 발자국

진흙탕 구덩이에 빠져도 보고
푸른 초원을 밟아보며
걸음걸음마다 웃고 울었다.

장대비 내리어 발자국의 흔적
지워진 줄 알았는데
하늘이 기억하고
땅바닥이 기억하는구나.

예전에
깨달을 수 없는 무지
승천 길 가까운 고희에 눈 뜨니
발자국 뗄 때마다
옷깃 여며 뗄 터이다.

검진(檢診)

올라가는 것을 좋아했다
성적이 올라가고
직급과 직위가 올라가고
신분이 상승함을
좋아했었다.

흘러가는 세월은
멈추지 않고
모든 수치를 올려놓는다.
좋아할 수 없다.

혈압이 오르고
혈당이 높아가고
콜레스테롤 수치는 하늘을 찌를 듯
모든 건강 수치는
오르기만 한다.

앗! 내려간다.
시력과 기억력
그리고 청력이다.

그뿐이면 좋으련만
할멈의 마음속에 차지한
노인의 순위도
자꾸만 손자 손녀에 밀려난다.

어찌하여 그러는 것일까?

홀어미 등대

모슬포항 앞바다
외로이 불 밝히는 홀어미 등대
말 못 할 슬픈 사연
가슴에 간직하고
가파도, 마라도를 벗 삼아
상상 속의 이어도를 그린다

사랑하는 임을 잃어
홀어미라 이름 지었는지
하얀 속살 드러내는 거친 파도 구애에
아랑곳하지 않고
일편단심 사랑하는 임을 그린다.

수없이 오가는 크고 작은 배에
행여 임 소식 들려올까 봐 마음 졸이며
허공을 나르는 갈매기에
슬픈 사연 하소연한다.

사랑하는 임 돌아오실 때
칠흑같이 어두운 밤
행여 길 잃을까
온 힘 다해 밝은 빛
검푸른 바다 위를 비추네

뭉쳐라

생애 걸어온 길
제각각이지만
타고난 운명
하나로 뭉쳐야만 한다.

동토의 대지 속에
인고의 세월 보내고
한 알 한 알 알곡으로 태어나
뜨거운 용광로에 몸 부풀린 보리밥

짧은 생애
정화수 먹고 자라
오동통 몸뚱이에
머리통 굵어 버린 콩나물

겨우내 매서운 한파 피해
깊은 땅속에 움츠리고 있다가
봄볕 햇살 재촉에 살포시 고개 들어
무참히 동강 난 고사리

이 모두 우리의 운명일진대
고소한 참기름
빨갛고 매콤한 고추장
돌이 되어 굳어 버린 얼음 조각
뭉치고 비벼라
비빔밥이 되자꾸나.

하늘나라 친구

도심 공원 귀퉁이
찌르레기 울음소리
서글픈 마음 할퀴고
흩날리는 낙엽은
눈가를 붉게 물들인다.

잊힌 줄 알았는데
마음 한편 둥지 틀어
가을이면 함께 하는
아련함이 그리움이여!

하늘나라 미리내와
춤추며 노래하는
아스라한 그대 모습
둥근달 속에 보인다.

가슴 열고
그리운 이 반갑게 맞이하여
술잔을 나눔 하고 싶은데
그대 어디 가고
희미한 길가 가로등
그림자만 가슴에 안긴다.

미리내 : 은하수

가을 길을 열다

용광로 펄펄 끓어오르듯
뜨거움의 계절
문지방을 넘어서
하늬바람 몸에 두르고
늘 솔길 들어서니

주렁주렁 동글동글
피라칸타 열매가
뜨거운 태양의 입김에 맞서
고통을 이겨내고
승리의 노래를 부르고

잎새 사이사이에
태양의 열기 피해
숨어 살던 산새들
푸른 하늘 포롱거리며
사랑하는 임을 찾아간다.

발걸음 재촉하여
가을 품은 숲속에
살포시 안기려 하니
통통하게 살진 들고양이
질투하는 듯
날이 선 울음소리
허공을 가른다.

길가 아기 장미

어쩌다
얄궂은 운명을 타고나
칼바람 대동한 동장군이 호통
삼복의 내리쬐는
뜨거운 태양의 입김
피할 수 없다.

쌩쌩 달리는 괴물이
토해내는 메케한 연기
숨이 막혀 오지만
막대기 하나에
온몸 의지하고
머나먼 생(生)의 길
걸어간다.

설한의 계절
간간이 비추는
한 줌 햇살에
마음을 달래며
긴 한숨을 토해내니

꽃피는 계절 저만치인데
붉은 피 물들인 빨간 꽃송이
길가의 어둠을 밝힌다.

세파에 찌든 몸뚱이
말끔히 씻어 줄
오뉴월 장대비 기다리며
길가의 아기 장미
서글픈 운명을 한탄한다.

장모님 텃밭

돌무더기 듬성듬성
넓지도 좁지도 아니한
장모님 텃밭 삼백여 평

낡은 호미에 힘을 싣고
땅을 헤집으며
정성이 씨앗을 뿌리고
땀방울 거름이 된다.

사계절 쉴 틈 없이
갖가지 푸른빛 나물들이
하늘 향해 다툼을 벌이고
오일장 귀퉁이 나들잇길
꿈을 키워 가는데

봄을 시샘하는 칼바람 속
노란 속옷 드러낸 봄동 나물은
흘러가는 세월 비껴가게 하고

손자 손녀 생각에
따스한 미소 번지는
구순(九旬)의 주름진 얼굴
아름다운 봉황이 모습이어라!

하늘의 슬픔

하늘의
사랑하는 임을 잃으셨나?
서러움의 눈물을
이토록 쏟아 내실까?

담장을 간신히
부여잡은 능소화
힘겨운 아픔의 절규를 토해내는데

그칠 줄 모르는
눈물의 사연은
처마 밑에
길 잃은 고양이 가슴에 안긴다.

천 갈래, 만 갈래
찢어지는 마음의 고통
가느다란 전선에 묶여있는
희미한 가로등이
사랑의 마음으로 보듬어 안는다.

별들의 합창

두 팔 뻗어 올리면
맑은 가을 하늘 손에 잡힐 듯
가을 익는 소리
들려오는 사라봉 기슭에
별님들이 모였다

닫혀있던 마음을 풀어헤치고
속삭이는 정겨움이 밀어들은
가을 하늘 수를 놓고
흥에 겨워 덩실덩실 춤을 추니
가는 세월 멈추게 하는구나!

좋은 술 주거니 받거니
노랫가락 울려 퍼지는데
산지천에 몰래 숨어들어온
파도를 빼앗긴 잔잔한 바닷물
시새움이 눈길 보낸다.

한잔 술 취하지 아니하여
또 한 잔을 마시고
뒤늦은 만남을 아쉬워하며
빛나는 별님을 가슴에 끌어안아
영원한 문우의 정 지속하길
밤하늘에 빌어 본다

이 밤이 지새면 어떠하리
아름다운 별님과 함께하여
동녘 하늘 여명이
사라봉 언저리 비쳐 오면은
정이 넘친 추억 가슴에 담고
다음 만남을 기약하련다.

사라봉 : 제주시 도심 동쪽 시민 공원
산지천 : 제주시 동문로 바다로 흐르는 내

멋진 모습

우뚝 솟아오른 북한산
아늑한 품속 안기려는데
매지구름 훼방하여
마음이 휑 덩그렁 하다.

오백 원 동전 들고
땅속 기차 몸을 맡기니
숨이 막히고
내 몸이 내 몸 아니로구나.

편안한 자리에
손전화기 부지런히 토닥이는
부티 흐르는 아가씨
옆자리 백발의 노신사
부녀지간인가?

첫돌 넘어 보이는 아기
가슴에 안고
칭얼거림.
달래 보는 아낙
옷매무새 가다듬지 못한다.

백발의 노신사
아낙의 소맷자락 이끈다.
정중히 자리 양보하는
백발의 노신사

어떠한 모습이
진정 멋진 모습일까?

아름다운 만남

앳된 소녀의 모습
왕 찔레꽃 짙은 향기는
거제 하늘 매지구름 물리치고
하얀 파도 꽃 단장 이룬다.

힘이 겹도록 살아온 날보다
살아가야 할 날들이
많지 않음을 깨우치며
마주한 모습들

흘러가는 세월은
그 옛날 고운 얼굴에
한 폭의 산수화를 그려 놓았다.

위아래 관계에서
때로는 수평의 선상에서
괴로움과 기쁨의 추억들을
오가는 미소 속에 쏟아붓는다.

남녘 하늘 밤바다
힘찬 응원가 들려오니
늘어진 어깨 치켜올리고

나보다 너를 위하는
아름다운 배려의 마음은
심장 속에 새로운 싹을 틔운다.

멋진 유혹(誘惑)

그루잠 깨어 창가를 보니
묘령의 여인 미소를 머금고
살며시 옷소매 끌어당긴다.

길가 개나리
노란 병아리 꽃
쫑알쫑알 노래 부르며
벚나무 부풀어 오른 젖가슴
부끄러이 감싸 안고
고운 임 기다리는데

봄바람에 장단 맞춘 유채꽃
신명 나게 춤을 추고
하늘 향해 비상을 준비하는 말(馬)
파릇파릇 새싹과
오랜 입맞춤 한다.

묘령의 여인아!
그대의 아름다움과
황홀함의 순간을
꽁꽁 붙들어 두고 싶구나.

반가운 모습

산수유 꽃망울 터트리고
매화 향기 은은한
봄이 오는 길목에

반가운 모습들
옹기종기 모여 앉아
추억의 조각들 풀어놓는다.

얼굴에 그려진
삶의 흔적을 더듬어 보며
청춘을 불살랐던
지난날의 사연들
한 폭의 풍경화 되어
술잔 속에 비치고

머리 위에 하얀 눈 덮여
마주 잡은 손마디에
뜨거운 정 넘쳐흐르는데

다시 만남을 기약하는
짧은 이별의
한잔 술 가슴에 담는다.

코스모스

가녀린 몸매에
미소 띤 청초한 자태
울긋불긋 연지곤지 찍고서
산들바람 장단 맞추어
살랑살랑 가을을 노래한다.

잎새에 부끄러운 곳
살짝 가리고
요염한 애교를 떨며
그 누구를 유혹하려 함인지
아리아 춤을 추듯
멋진 모습 자랑한다.

저만치 달려오는
앙상함이 계절을 예견하고
흘러가는 세월을 탄식하며
그리던 사랑하는 임을
목메어 부르는구나.

제주(濟州)의 혼(魂)

강한익 시집

2019년 8월 1일 초판 1쇄
2019년 8월 6일 발행
지 은 이 : 강한익
펴 낸 이 : 김락호
디자인 편집 : 이은희
기 획 : 시사랑음악사랑
연 락 처 : 1899-1341
홈페이지 주소 : www.poemmusic.net
E-Mail : poemarts@hanmail.net

정가 : 10,000원

ISBN : 979-11-6284-126-6